Wolfgang Metz

was kann uns trennen von der liebe CHRISTI?

Wolfgang Metz

was kann uns trennen von der liebe CHRISTI ?

Gedichte

echter

GOTT ist da!

Darum geht es.

Nichts anderes versucht unser Glaube in unzähligen althergebrachten und immer neuen Formen erfahrbar zu machen.

Nicht nur, aber gerade unsere Sakramente versuchen davon zu erzählen, dass Gott nahbar ist. Gerade deswegen gibt es berührende und spürbare Zeichen darin, wie fließendes Wasser, Handauflegungen und Salbungen, um zu zeigen, dass Gott bei uns ist und in einer einfachen Berührung da sein kann (Texte: fußwaschung, fußwaschung II und salbung in betanien).

Aber es geht eben nicht nur um ein äußeres Berührtwerden, sondern natürlich immer darum, auch oder gerade seine Nähe innerlich zu spüren (Text: adventszeit), sensibel dafür zu sein, wo etwas mich berührt, Resonanz findet oder innere Regungen auslöst. Egal, wie wir es nennen, es meint im Innersten immer dasselbe. Nämlich wahrzunehmen, dass Gott da ist und zu mir spricht. Vielleicht nicht in Worten, aber auf unterschiedlichste Weisen.

Und es geht dabei auch immer darum zu bemerken, dass er mich meint, dass er etwas mit mir zu tun haben möchte (Text: an einen maulbeerbaumkletterer), dass er in kleinen Begebenheiten tagtäglich um mich ist und dass auch aus den kleinsten

Augenblicken heraus Großes geschehen kann (Text: osterbegegnungen).

Ich habe versucht, das, was mich in den vergangenen Wochen und Monaten in stillen Momenten, Gebetszeiten, Gesprächen, Gottesdiensten oder auch im alltäglichen Miteinander angerührt hat, in Worte zu gießen (Text: gedanken eines suchenden). Das bleibt natürlich oft situativ und fragmentarisch. Aber genau so möchte ich Sie, den Leser und die Leserin, einladen, diesen Fragmenten und Ausdrücken zu folgen und Ihrem eigenen Berührtwerden, Ihrem eigenen Resonanzraum, Ihren eigenen inneren Regungen nachzugehen in der Hoffnung, dass das eine oder andere Wort etwas in Ihnen freisetzt.

Und ich wünsche Ihnen, dass Sie durch und zwischen den Zeilen immer wieder den Dreiklang Gottes flüstern und singen hören:

Fürchte Dich nicht!
Du bist geliebt!
Nichts kann Dich trennen von meiner Liebe!

gedanken eines suchenden 6/7

vieles was immer schon war
findet jetzt erst
wort und form

manches vergangene
schwelte endlos
und ist unmittelbar entbrannt

GOTTES wege sind leise
und mein herz schlägt langsam

aber stetig
funke um funke
und wort um wort

komme ich näher
DIR und mir
und dem untrennbaren dazwischen

auf IHN hin

1. advent

besuch ist angekündigt
und meine wohnung
braucht vor allem eines

aufräumen

der besuch kommt
so oder so
ob aufgeräumt oder nicht

die frage ist
wie geht es mir dabei
und kann ich für IHN da sein

muss ich mich fieberhaft
dafür entschuldigen
wie es hier aussieht

oder kann ich mich
gar nicht richtig
auf IHN einlassen

weil ich sehe und denke
was noch alles
in mir durcheinander ist

aber ER ist noch nicht da

noch ist zeit
noch ist erst
der 1. advent

noch ist zeit
aufräumzeit
für IHN und für mich

adventszeit

zeit
der maria in mir
eine stimme zu geben
und darauf zu achten
wozu ich ja sage

zeit
dem joseph in mir
nachzuträumen
und drauf zu achten
wie ich entscheide

zeit
dem johannes in mir
gehör zu schenken
und darauf zu achten
wo CHRISTUS mehr raum braucht

zeit
dem wort in mir
einen weg zu bereiten
und darauf zu achten
wo es ausgesprochen lebendig wird

advent ist jetzt

nicht erst später
sondern jetzt

wenn ich IHN jetzt
nicht erfahre
und IHM jetzt
nicht begegne

bleibe ich inmitten
meiner hohlen phrasen
faulen ausreden
und frommen versprechungen

nicht erst später
nicht irgendwann
nicht erst in 24 tagen
jetzt ist es an der zeit

unserer freundschaft
hand und fuß zu geben

advent ist hier

nicht in irgendeine geschichte
wurdest DU hineingeboren
nicht irgendwie und irgendwo

sondern in UNSERE
in DEINE und in meine

so wie ich
familiengeschichten
mit mir trage

mit komplizierten verstrickungen
glücksmomenten und abgründen
haken, ösen, freude und schmerz

genauso hast DU DICH
eingelassen
einweben lassen

das hat mit menschsein zu tun
DU hast mit menschsein zu tun
mit DEINEM und mit meinem

mit UNSEREM

gaudete

der termin
schon lange ausgemacht
aber nun sitze ich hier
und warte
schon eine ganze weile
werde unsicher
stimmt die zeit
stimmt der ort

doch dann sehe ich DICH
im augenwinkel
am fenster vorbei
und jetzt weiß ich
bin mir sicher
freue mich
dass DU kommst
und wir uns wiedersehen

DU bist noch nicht da
aber jeden moment
geht die tür auf
und die spannung
und freude steigen
ins unermessliche

gaudete

es ist weihnachten

ER suchte mich
von anfang an

klingelte an meiner tür
schrieb mir briefe
und rief mich an

ER suchte mich
es war ein anfang

aber nicht genug
um mich herauszulocken
aus meinen komfortzonen

zu befreien
aus veränderungsängsten
und finsteren einsamkeiten

ich blieb

ER suchte mich weiter
besuchte mich
stand plötzlich vor meiner tür

das hat alles verändert

ER wohnt jetzt bei mir
es ist weihnachten

fürchte dich nicht

16/17

veränderung bringt angst
angst und zweifel
von anfang an

manchmal schon
ab der ungeplanten schwangenschaft
und sie nehmen kein ende
bis hin
zum unendgültigen tod

nur eines spricht dem entgegen:
fürchte dich nicht

nicht viel
nur worte

doch
zwischen den zeilen
wächst ein wort
das fleisch wird
fleisch ist
und mehr ist als wort
mehr als ich jetzt
durch die schlüssellöcher
meiner angst und zweifel
sehen und hören kann

auch wenn es klein ist
und leise
es ist da
von anfang an
um mehr zu werden

also:
fürchte dich nicht

menschwerdung

wenn GOTT nur
im perfekten wäre
wo wäre ich?

ER ist doch

ER ist doch in jedem streit
und jeder unsäglichen last
in jeder herbergslosigkeit
und in allen enttäuschungen
in all meinen falschen wegen
in zweifel, angst und einsamkeit

genau dort

genau hier
ist menschwerdung
ist ICH-bin-da
ist GOTT-mit-uns
in meine lebensarmut
und krippeneinsamkeit hinein

wenn GOTT nur
im perfekten wäre
wo wäre ich?

und wo wären WIR?

krippenkind

was kann ein kind schon ändern

hilflos und unselbständig
angewiesen und schwach
bettelarm in einer futterkrippe
am arsch der welt

doch

es strahlt glaube an zukunft aus
trägt veränderungshoffnung in sich
und bewirkt liebe
die menschen zusammenführt

was kann ein kind schon ändern

sehr vieles
und noch mehr
und das schon
vom ersten senfkorntag an

Mit IHM

versuchung

hoch hinaus könnte es gehen
nur einen schritt vom abgrund entfernt
alles und noch mehr
scheint zum greifen nahe

und die versuchung bleibt
nicht das anzunehmen
was einfach ist
immer das andere zu wollen

es bleibt schwer
sich einzulassen
auf die eigenen hilflosigkeiten

der schlichten fußwaschungsnähe
mehr zu glauben
als meiner fernen wundersehnsucht

der bittenden ölbergsenge
mehr zu vertrauen
als meinem eigenen willen

im schweigenden mitgehen GOTTES
mehr zu erkennen
als in plappernder leistungsfrömmigkeit

zugegeben
die aussichten sind grabesdunkel
und doch …

… tief hindurch
eine todesnacht vom morgen entfernt
ist alles und noch mehr
zum greifen nahe

an einen maulbeerbaumkletterer

nicht zu irgendwem
es geht nicht darum
dass ICH zu irgendwem will
oder irgendjemand
sich es verdient
oder erbetet hat

ganz im gegenteil
nicht zu irgendwem
und nicht irgendwo
sondern heute
jetzt und hier
zu dir

mach dir das klar
vor jedem gebet

dass ICH bei dir bin
mit MEINEM ganzen herzen
und mit ganzer seele
mit MEINEM ganzen denken
und mit MEINER ganzen kraft

auch wenn du noch so klein bist
oder der maulbeerfeigenbaum
auf dem du sitzt
noch so hoch sein mag
und du vielleicht denkst
du bist weit weg von MIR

ICH meine dich
und nicht irgendwen
ICH muss bei dir
zu gast sein
heute
jetzt und hier

bei dir
und bei niemand anderem

vom ehebruch und unnützen steinen

der menschliche makel
weiß um richtig und falsch
ohne fragen und diskussion
und sucht immer nur eines
bestätigung

doch genau diese
kann ER nicht geben
will ER nicht sein
denn jedes *aber* ist ein stein
egal in welche richtung er fliegt

und alle
wir alle
brauchen mehr vergebung
als regelrechte verurteilungen
und mühlsteinschwere schuldsteine

steine fliegen immer noch
und der menschliche makel
ist geblieben
die vergebung auch
GOTT sei dank

das mahl der sünder I 26/27

wer bin ich
platzkarten zu verteilen

es offenbart nur
wie notwendig es ist
selbst eine zu ergattern

eine tischordnung
ist zwar ganz hilfreich
aber wer weiß schon
wer alles da sein wird
und es werden
wesentlich mehr sein
als mir
in meine ordnung passen

für IHN ist es
fast eine vorwegnahme
der henkersmahlzeit
für mich
schon ein stück
und ein schluck
vom ostermahl

aber vielleicht
ist es auch einfach nur ein essen
ein essen unter freunden
so wie es geplant war
von anfang an

das mahl der sünder II

gemeinsam essen heißt
sich darauf einlassen
dass an diesem tisch
das pralle leben platz bekommt

und es im chaos
zwischen tellern und töpfen
vergebung und fürbitten
suppe und nachtisch
brot und wein
frohbotschaften und tischgesprächen
eine offene einladung gibt
sich selbst neu ordnen zu lassen

gemeinsam essen heißt
eben nicht
einfach nur zu essen
sondern den schöpfergeist
und die passion
des gastgebers
am eigenen leib
zu erfahren

verklärung

wenn mir alle antworten
in IHM begegnen sollten
bliebe ich doch ratlos

trotz aller verklärung
war ER für mich immer
wie undurchdringliche wolken

trotz aller gipfelhöhenflüge
hat ER mir keine antworten gegeben
höchstens dumme aussagen entlockt

und mich allzu oft
im bergab des lebens
ratlos zurückgelassen

antworten habe ich nicht bekommen
aber ich muss zugeben
neugierig bin ich geworden

sehr

der sturm auf dem see

es mag kein standardtanz sein
und die musik manchmal nur
ein leises säuseln

doch jetzt ist sie ein sturm
und wenn du nicht
schritt halten kannst

wirst du schon
nach wenigen takten
gnadenlos untergehen

so lange kennt ihr euch schon
und du fühlst immer noch nicht
wer von euch beiden führt

aber du wirst es schon noch lernen
schritt um schritt und takt um takt
dem leben entgegenzutanzen

hör auf das wort
die stimme deines schöpfers
ER spielt dir das lied vom leben

hinweg über stürmische seen
durchweinte nächte
und dunkelste gräber

der andere mensch

der andere
der mir auf dem weg begegnet
ist christus
egal wie er ist

ob er gerade sein vermögen verschleudert
oder verletzt im graben liegt
verloren gegangen ist
oder schlicht an mich herantritt

egal ob es mir passt
oder ob er mir passt
ER ist es
daran führt kein weg vorbei

auch wenn ich augenscheinlich zu oft
meine herzensglut
gleichförmig und nur für mich
am glühen halte

anstatt mich von diesem anderen
in herz und geist
in mannigfaltiger weise
entbrennen zu lassen

und blind bin
durch den stolz auf meine demut
und die strukturelle sicherheit
die meine furcht überspielt

der andere aber
der einfach da ist
zeigt mir
wer ich bin

und wie erfrischend anders
ER ist und bleibt

salz der erde

auf die richtige menge kommt es an
wenn es fehlt
fehlt etwas entscheidendes
geschmacklosigkeit und langeweile
erzählen zu viel von lieblosigkeit
und zu wenig von sehnsucht

aber zu viel des guten
tut auch nicht gut
eine versalzene suppe
braucht niemand
wie bigott und verliebt
der koch auch sein mag

eine prise braucht es
oft gar nicht viel
und doch kennt jeder
ihre große wirkung

von schafen, drachmen und söhnen – gleichnisse vom verlorenen GOTT

an hundert gedanken
wollte ich mich erinnern
doch DU bist mir ausgebüxt
wann habe ich DICH verloren

es waren nur zehn dinge
auf meiner to-do-liste
neun habe ich geschafft
gerade DU bist hinten heruntergefallen

ich hätte DICH lieben sollen
wie mich selbst
bin aber bei mir geblieben
und habe DICH gehen lassen

wann habe ich DICH verloren
HERR

hilf mir
wenn ich in meinen kopf suche
und mein herz durchfege
komm mir entgegen

und wenn es nur
für eine umarmung ist
sie ist mir freude
fest und leben

entscheidungswege

ich will nur einen apfel
doch welcher ist der richtige
schmackhaft und billig
oder
regional und kein weltenbummler

ER redet nur kurz vom nächsten schritt
doch welcher ist der richtige
kurzsichtig und einfach
oder
mit kreuz und leiden

entscheidungswege
bleiben schwierig
wo ist der nabel der welt
und
was ist jenseits vom tellerrand

alles begann im anfang
und beginnt heute
immer gleich
ich will nur einen apfel

salbung in betanien

berührung schafft beziehung
da reichen
keine salbungsvollen worte

oder was glaubt ihr
warum das wort
fleisch geworden ist

diese frau versteht das
hat es verinnerlicht
und veräußerlicht es

die salbungsvollen worte
könnt ihr euch
für MEINE grabrede aufsparen

berührung schafft beziehung
bald werdet ihr es
am eigenen leib erfahren

tempelreinigung

ein mann
bringt seiner frau
blumen und pralinen
jeden verdammten tag

prinzipiell
macht er vieles richtig
aber einiges läuft und hängt
auch ziemlich schief

es scheint als wären
blumenstand und pralinenladen
über jahr und tag
ins schlafzimmer hineingekrochen

es scheint als glaube er
sein soll erfüllt
ohne nach ihrer sehnsucht zu fragen
oder ihrem gemeinsamen sinn

kein wunder also
dass jesus
ihnen die blumen und pralinen
an den kopf wirft

aschermittwoch

36/37

im gegensatz
zur allgemeinen wahrnehmung
ist am aschermittwoch
nicht alles vorbei

genauer gesagt
fängt es da erst richtig an

nicht spaßbefreiung
ist nun gefordert
oder einsames bemitleiden
ist vonnöten

sondern es geht darum
der liebe raum zu geben

vor allem dort
wo wir unsere begrenztheit spüren
und genau dort
wo unser leben und wirken
verbrannte erde zurückgelassen hat

dort dem leben raum geben
um die liebe neu wachsen zu lassen
in der fruchtbaren asche
die uns bezeichnet

fastenzeit?!

natürlich ist es recht und gut
ab aschermittwoch
die rauchopfer wegzulassen
aber wer hat dann wirklich lust
an ostern wieder damit anzufangen?

und plastikfasten
klingt sinnvoll
aber wer fühlt sich lebendiger
wenn er nach einer plastikabstinenz
den künstlichen stoff wieder in händen hält?

und nicht wenige nutzen die tage
um ein paar pfunde abzunehmen
aber das wäre doch nur folgerichtig
wenn dadurch die gottesbeziehung
zunehmen würde?

geht es nicht darum
etwas wegzulassen
um eine lücke zu schlagen
und in dieser kleinen todeslücke
lebensfülle zu finden?!

darum sich zu rüsten
für vierzig tage
und drei nächte
um darin zu erahnen
wie sich tischgemeinschaft
und gottverlassenheit
und lebendigkeit anfühlen?!

gründonnerstag

es ist quatsch
diese nacht zu feiern
als wäre sie die letzte

nur feiglinge
sagen: ich liebe dich
wenn es nicht mehr anders geht

oder brauchen
einen geburts- oder mutter-
oder todestag dafür

jeder hofft dann
von geliebten menschen
etwas von liebe zu hören

eine tiefgreifende geste
zu erfahren oder
etwas unvergessliches zu bekommen

ich hoffe ER hat es ihnen
nicht nur
an besagtem abend bezeugt

und zeugt es
auch heute
nicht zum letzten mal

fußwaschung I

nicht die große zaubershow
gerade nicht diese
trägt die liebe GOTTES in sich

etwas tagtägliches
eine einfache verneigung
erzählt von der menschwerdung

eine zärtliche geste
ausdruck
SEINER zuwendung

die helfen soll
weit über flucht
und verrat hinaus

und zeigen soll
wie unendgültig
gräber sein können

und bleiben soll
im leisen mitgehen
und berührtwerden

fußwaschung II

schreck doch nicht zurück
vor dieser berührung
auch wenn sie
deine tiefsitzenden ängste
kaum abwaschen kann
du wirst sie noch brauchen

sie möchte dich
fließend umwerben
und dir erzählen
von der brennenden liebe GOTTES
dir aus den tosenden fluten zurufen
ICH bin da

trotz der anstehenden versuchungsnacht
im neuen garten eden
trotz der lügenmärchen und todesschreie
die auf uns warten
trotz der unausgesöhnten totenstille
die folgen wird

bin ICH für dich da

schreck doch nicht zurück
vor dieser berührung
vertrau MIR
wir werden sie noch brauchen

tut dies zu meinem gedächtnis

unser leben ist nun mal so
brüchig und auseinandergerissen
zusammengebacken und zerfließend
hungrig und durstig

und in allem ist ER

in meiner gebrochenheit
und im dahingegossensein
in aller freude
im schmecken und sattsein

und genau darum geht es

das nicht zu vergessen
ja mehr noch
in jedem augenblick und wort
mit herz und zunge zu verkosten

immer wenn ihr dieses brot brecht

für schlechte zeiten
hat oma gesagt
für schlechte zeiten
denn die gibt es immer

für anteil an mir
hat ER gesagt
in brot und wein
in IHM und durch IHN
und für immer

für schlechte zeiten
aber auch für gute
in guten und in bösen tagen

kein einmachglas
für schlechte zeiten
wie bei oma
eher ein tischleindeckdich
mit dem nötigsten

für heute und immer

vor dem kreuz

vor dem kreuz
ist jede entscheidung hässlich

weglaufen
und vom gewissen verfolgt
oder stehen bleiben
von der hilflosigkeit überrollt

beides verwundet
und der schmerz ist nur das eine

mehr noch die angst
liebgewonnenes loszulassen
veränderung zuzulassen
ungewissheiten zu fantasieren

kein weg
schütz mich davor
kein wort behütet mich
kein stock und kein stab

mein GOTT mein GOTT
warum hast DU mich verlassen

gebet vor dem kreuz

von anfang an
habe ich um DEINE liebe
und DEINE zuneigung gerungen
mein HERR und mein GOTT

erst jetzt
da ich in DEIN offenes herz blicke
sehe und erkenne ich:

DU warst es
der um mich gerungen hat
von anfang an

brannte mir nicht
das herz in der brust
als DU noch bei mir warst

von anfang an
habe ich um DEINE liebe
und DEINE zuneigung gerungen
mein HERR und mein GOTT

warum hast DU mich verlassen

kreuzesstille

alles ist gesagt
alles ausgesprochen
das wort verstummt

vielleicht
merkt jemand durch die stille
etwas fehlt

vielleicht
ist es im leben und tod
mit zu vielem so

warum
sollte es mit GOTT
anders sein

dunkelheit

es gibt dinge
die tief in mir begraben liegen
an die ich niemanden heranlasse
niemals

die ich so schnell als möglich
ins naheliegende dunkel
abgeschoben
und einen schweren grabstein
davor gerollt habe
damit nichts hinein
noch heraus kommt

doch ich hoffe
nein
ich glaube

dass eines frühen morgens
der stein von meinem herzen
gefallen sein wird
und lebensräume eröffnet
die ich jetzt
noch nicht einmal
zu erhoffen wage

geschweige denn
zu lieben

so lange du draußen stehst

solange du draußen stehst
kannst du es nur erahnen
wohin der salbölduft
dich hoffen lassen möchte
noch ein kurzes leben lang

freue dich
bleib nicht stehen
deine zeit kommt
lass dich weiter locken
bestärken
weiten
durch lebensworte
und brotkrumen

nichts geht verloren
nicht einmal ungelebtes
erfülle dich in jedem atemzug
mit sehnsucht und begegnung
und freue dich
noch ein langes leben kurz
solange du draußen stehst

deine zeit kommt
wird erfüllt und voll sein
und dein grab
genauso leer

maria magdalena

48/19

ER ist unterwegs
und fast in einer anderen welt
und sie geht
an der gegenwärtigen fast zugrunde

sie ist so in sich gefangen
dass sie nichts berührt
und ER geht so weit auf sie zu
und bleibt doch unberührbar

in aller unterschiedlichkeit
und über alle grenzen hinweg
zeigt sich ihnen
welche grenzen es nicht mehr gibt

osterbegegnungen

es ist nur ein senfkorn

ein ausgesprochener name
ein gebrochenes brot
eine angebotene berührung

nur ein moment
und sei er auch
der kleinste unter den augenblicken

hineingepflanzt
in die grabesdunkelheit
und todeseinsamkeit

er wird wachsen
und das leben
wird sich darin einnisten

aber wie gesagt
es ist nur ein senfkorn

wem ihr die sünden vergebt

denen wird es anvertraut
die es selbst so nötig haben

den feiglingen und fortläufern
den verleugnern und zweiflern

denen die es nötig haben
und gnade nicht mit macht verwechseln

um in der eigenen gottesgefundenheit
den verlorenen halt zu geben

nicht als glaubenshirten
sondern als beschenkte schenker

verwundungen

verwundet
tritt ER mir entgegen
was SEINEN sieg gekostet hat
trägt ER immer noch
am eigenen leib
die frage ist
kann ich IHM so begegnen

wenn nicht
bleibt ER ein popstar
und SEINE berührende menschwerdung
ferne zukunftsmusik
ein makelloses opferlamm
als hübsches poster an der wand

verwundet
bin auch ich
was ich mir selbst nicht eingestehe
trage ich immer
schwer mit mir herum
die frage ist
kann ich es IHM zeigen

wenn nicht
bleibe ich ein pausenclown
mit dicker schminke
über meinen narben und wunden
jemand der angst hat
mensch zu werden
und mensch zu sein

durch IHN

hier bin ich

wo bist DU?
wenn ich DICH sehne?
wenn ich DICH brauche?

aber vielleicht
ist die frage verkehrt
vielleicht gibt es keine frage

denn DU bist da
ich bin nicht immer da
DU bist da

vielleicht sollte ich nicht fragen
wo bist DU?
sondern antworten

hier bin ich!

verletzungen

ich habe menschen verletzt
und bin verletzt worden

nicht zu verletzen
und nicht verletzt zu werden
ist eine billige illusion

doch noch schlimmer
sind die selbstbetrügereien
vergebung nicht zu benötigen
wunden zu leugnen
und narben zu vergessen

wer nicht selbst spürt
ein kreuz zu tragen
braucht auch niemanden
der es für ihn trägt

wenn wir als kirche
nicht sehen und spüren
dass wir menschen zu GOTT führen
und gleichzeitig verletzen
vergessen wir zu viel
und verraten blind
die eigene erlösungsbedürftigkeit

der kampf am jabbok
bringt nicht nur segen
sondern auch verwundung
wenn wir das ignorieren
ist die niederlage vorprogrammiert

ich habe menschen verletzt
und bin verletzt worden

nicht zu verletzen
und nicht verletzt zu werden
ist eine billige illusion

segen und erlösung
kommen nicht von mir selbst
und meine verwundungen
halten mich nicht davon ab
ganz im gegenteil
sie bringen mich IHM näher

lebensrufe

manchmal denke ich
an die tage vor dem tod
an denen ich vielleicht
erwartungslos in die gegenwart
schon fast nicht mehr da
nur noch
daraufhin sterbe

und frage mich

ob es wohl sein wird
wie an einem letzten urlaubstag
ohne klare vorstellung
etwas anzufangen
noch zwei oder drei stunden
bis zur abfahrt
schlendernd durch die stadt
den rückweg als ziel

und plötzlich

geschieht es
ein ungekannter augenblick
ein moment kaffeeruhe
ein unverhoffter ort
neue lebensräume
blickwinkel und verheißungen
die sich eröffnen

nicht alles
kann immer passieren
aber immer
kann neues sein

immer und überall
höre ich neue lebensrufe
vielleicht auch noch
in den tagen vor dem tod

und ganz bestimmt aber
danach

die angst sitzt tief

die angst sitzt tief
ungeliebt zu sein
ungewiss zu sein
und gleichgültig
unterzugehen
und unter denen zu sein
die ohne hochzeitsgewand dastehen
und nicht wissen warum

es wäre unerträglich
dieses leben
würdest DU mir nicht
vertrauen
und die hand reichen
über das wasser
und zum tanz
und aus dem grab

und in allem
immer wieder
sanft und unnachgiebig
flüstern
„fürchte dich nicht"

kunststück

an einen GOTT zu glauben
solange es mir gut geht
ist keine kunst
das kann jeder
und ist vielleicht gar kein glaube

in einer beziehung zu lieben
solange es mir gut geht
ist keine kunst
das kann jeder
und ist vielleicht gar keine liebe

im leben das zu erhoffen
was ich schon greifbar habe
ist keine kunst
das kann jeder
und ist vielleicht gar keine hoffnung

die kunst liegt darin
zu glauben
in guten und in schlechten tagen
zu lieben
in gesundheit und krankheit
und zu hoffen
bis der tod uns zusammenführt

fünf-zentimeter-psalm

der raum um mich
so leer
und viel zu voll

der tisch
voller arbeit
vor meiner kopflosigkeit
wände voller bretter
und die erdrückende leere
zwischen all dem

etwas später

ich bin wieder da
und doch nicht
gleiches spiel
gleiches gefängnis

mein bretterkopf
an der rückwand
richtet sich auf
nur fünf zentimeter

plötzlich sehe ich
sehe
fensterauswege
und erkenne
über der vollen leere
weiten raum

ein kleines stück
lebenslicht
hinausweisend
über das gefängsnisgrab
und ein leises flüstern
der erkennungsmelodie GOTTES

HERR
in bedrängnis
schenke mir nur
fünf zentimeter

notration und wegzehrung

schlimm ist es immer
wenn ein mensch
gegangen ist

in den wenigsten fällen
tritt dieser drei tage später
einfach wieder auf

in den meisten fällen
geht es alleine weiter und
das warum wird ständiger begleiter

warum ist das passiert
warum war ER nicht da
warum ist ER so still

doch unser glaube weigert sich
vehement
darum-antworten zu geben

gibt nur
brot und wort
als not-wendiges

notration und wegzehrung
um eines tages
in die antwort hineinzusterben

prophetenworte

egal

ob du samuel
oder petrus
oder jona
oder sonst einen namen
dein eigen nennst
mit prophetischem klang

eines bleibt trotzdem

die botschaft
die du zu verkünden hast
und die umkehr
die du anderen predigst
gilt vor allem
und am meisten
auch dir selbst

das pilgernde volk gottes

eingenistet zurück in ägypten
mensch sei dank
steuergelder sei dank
verwaltungsapparat sei dank

das pilgern des volkes
ist zu einer all inclusive-reise mutiert
und hat weite und freiheit
gegen sichere fleischtöpfe eingetauscht

doch plötzlich gibt es
immer mehr freie plätze
und die reiseleitung
bekommt eine heidenangst

obwohl schon lange
kein erstgeborener
mehr erschlagen wird
denn die gehen schon von selbst

jeder ahnt und viele sehnen
den stetigen wind des auszugs
doch das haus auf dem fels
gibt man nicht so leicht auf

da wurde wohl etwas
falsch verstanden

befreiung ist schwer
wenn man selbst pharao ist
wenn sklaverei selbst gewählt ist
wenn man selbst reicher jüngling ist

doch das pilgernde volk
wird weiterziehen

muss weiterziehen
zurück hinaus in die freiheit
zurück in die unsicherheit der wüste
um GOTTES willen

vergebene liebesmühe

was soll man
mit solchen jüngern
schon anfangen

sie verstehen nichts
arbeiten für sich selbst
und verraten einen letztendlich

nicht gerade
ein fleischgewordener
arbeitgebertraum

und es scheint
diese einstellungen
halten sich beharrlich

und doch
lässt ER nicht locker
und glaubt weiter

an dich und an mich
in vergebender liebesmühe

freundschaft

warum einander nicht
unergründlich bleiben
im füreinander
und chaotischen treiben
in allem wahnsinn

und verzweifelten suchen
in tiefer bodenlosigkeit
sich lieben sich lassen
im halten und fassen
einander besuchen
und immer aufs neue
fragmente zu sehen
im bleiben und gehen
einander ein abgrund
und auch ein zuhause
ein bleibender ort
und flüchtige pause

warum einander nicht
unergründlich bleiben
im glauben und sorgen
beim hoffen und schweigen
gegenwärtig und morgen

was ich will

oft hätte ich
gerne einen GOTT
zu dem ich aufschauen kann
hoch auf einen sockel
der mich lobt
wenn ich bete
und mich bestraft
wenn ich etwas falsch mache

und nicht
einen GOTT
der zu mir aufschaut
wenn ER mir die füße wäscht
der mich grund-
und endlos annimmt
mit mir meine fehler durchleidet
und mich einfach liebt

wie oft
hätte ich es gerne anders
aber ich bekomme
nicht immer was ich will

GOTT sei dank

in IHM

morgengebet

maria von magdala
hast DU mit namen
angesprochen

mit den zwei jüngern
bist DU ihren weg
mitgegangen

dem apostel thomas
hast DU eine berührung
angeboten

jedem so
wie er es gebraucht hat

jedem so
wie er DICH gebraucht hat

wie und wo
ich DICH *heute*
wohl brauchen werde?

lass es UNS herausfinden!

amen

anfang und ende

im namen des vaters
ohne den ich nicht wäre
der mich erschaffen
und erdacht
von anfang an

und im namen des sohnes
der zu mir kam und kommt
mit körper und herz
und mich begleitet
gegenwärtig und immer

und im namen des heiligen geistes
der mich bewegt
im ringen und lieben
und mich durchdrängt
in unsere zukunft hinein

fronleichnamsprozession

ein pilgerweg
der nicht zeigt
was wir haben
sondern
was wir brauchen

keine zurschaustellung
einer angestaubten sehnsucht
nach einer vergangenen kirche
die niemals so war
wie verklärte behaupten

nichts für pastorale nimmersatte
im supermarktwahn
alles zu bekommen
was sie wollen
und noch mehr

wie gesagt
einfach ein pilgerweg
mit einfachen wegzeichen:
GOTT ist da
und alle werden satt

wandlung

die welt ist im wandel
zerrissen
vielleicht sogar aus den fugen

die kirche auch
natürlich
es sind die gleichen menschen

eingezwängt
zwischen veränderungswut
und haltlosigkeiten
vergangenheitsverklärungen
und zukunftsideologien
mit mantraartigen parolen

nur eines bleibt
ein bissen brot
und ein schluck wein

in stetigem wandel

jahreswechsel

das jahr beginnt
immer und immer wieder
mit sorgen und bitten
eine eingangstür
die hinausführt
wunderschön
und beängstigend

doch ich bin bereit
DEINEM wort
durch mich hindurch
neu raum zu geben
mit leeren händen
bereit zu empfangen
bereit zu beten
bereit zu schreiben
über jede leere seite
in jeden herzschlag hinein
jeden tag

fürchte dich nicht
GOTT ist mit dir!

vom hüten und behütet sein – ein abendgebet

es waren einmal
drei hirten mit schafen
vielleicht hundert
mehr oder weniger

der eine hatte einen guten tag
nichts fehlte
es gab ruheräume am wasser
und sicherheit in unsicherheiten

dem zweiten erging es schlechter
ihm ging ein schaf verloren
zum glück hat er es wiedergefunden
es gab für ihn angst und freude

unglaublich war es für den letzten
beim hüten wurde er gefunden
und sein herz entbrannte
und verbrannte doch nicht

so sind alle tage
zwischen unbeschwertheit
angst und verlorensein
freude und brennenden herzen

hirtentage
unterschiedlich
und gleichsam
offen und unabgeschlossen

doch
jetzt HERR jetzt
in diesem moment
soll es immer gleich sein

denn auf DICH vertraue ich
in DEINE hände
lege ich mein leben

nachtgebet

ein blick zurück
auf das was war
nicht was hätte sein sollen
oder hätte sein können

keine bilanzierte abrechnung
sondern eine schatzssuche im acker
ohne im tageschaos zu versinken
ohne wertende kleinkindergedanken

sondern ganz einfach
entlang der goldfäden
und spurenelemente
DEINER heutigen gegenwart

lass mich zurückblicken
und nicht in worten beten
sondern durch die erfahrungen
dieses vergangenen tages

ein blick zurück
auf das was ist und bleibt
denn nichts
nichts kann mich trennen

von DEINER liebe

Worte nach den Worten

Wie immer bleibt mir zum Abschluss nur, „danke“ zu sagen.

Danke, wie immer und nun schon über Jahre hinweg, Herrn Heribert Handwerk für das umsichtige Lektorat und seine Geduld mit mir.

Danke an alle Menschen, die mich in den letzten Monaten im Gebet, in Gesprächen, bei einem Glas Wein, in Gottesdiensten, in der Stille, Zuhause, im Kino, beim Spazierengehen oder sonst irgendwo, wo Gott zu finden ist, begleitet haben.

Ich danke euch und Gott für euer Dasein, Mitgehen und Mitbeten.

Inhalt

durch IHN

Wolfgang Metz, geboren 1978, Priester, Hochschulseelsorger in Tübingen und Pfarrer in Sindelfingen

Von Wolfgang Metz sind im Echter Verlag auch folgende Bände erschienen:

die liebe CHRISTI drängt uns. Gedichte

brannte uns nicht das herz. Gedichte

Rom – Auf geistlichen Wegen durch die ewige Stadt

„osterbegegnungen" und „der sturm auf dem see" sind bereits erschienen in:
Rom – Auf geistlichen Wegen durch die Heilige Stadt

Bibliografische Information der Deutschen Nationalbibliothek

Die Deutsche Nationalbibliothek verzeichnet diese Publikation in der Deutschen Nationalbibliografie; detaillierte bibliografische Daten sind im Internet über http://dnb.d-nb.de abrufbar.

www.echter.de

Gestaltung: Crossmediabureau, Gerolzhofen
Druck und Bindung: Pressel, Remshalden

ISBN 978-3-429-05478-6